O CÃO E O CURUMIM

Cristino Wapichana

Ilustrações de Taisa Borges

Editora **Melhoramentos**

Dados Internacionais de Catalogação na Publicação (CIP)
(Câmara Brasileira do Livro, SP, Brasil)

Wapichana, Cristino
   O Cão e o Curumim /Cristino Wapichana; ilustrações Taisa Borges.
São Paulo: Editora Melhoramentos, 2018.

   ISBN 978-85-06-08323-9
   1. Literatura infantojuvenil I. Borges, Taisa. II. Título.

18-15090   CDD-028.5

   Índices para catálogo sistemático:
   1. Literatura infantil 028.5
   2. Literatura infantojuvenil 028.5

Iolanda Rodrigues Biode - Bibliotecária - CRB-8/10014

© Cristino Wapichana
Ilustrações de © Taisa Borges
Projeto gráfico e diagramação: Estúdio Cabriola – Carla Arbex

Direitos de publicação:
© 2018 Editora Melhoramentos Ltda.
Todos os Direitos Reservados.

1ª edição, 9ª impressão, abril de 2025
ISBN: 978-85-06-08323-9

Atendimento ao consumidor:
Caixa Postal 169 – CEP 01031-970
São Paulo – SP – Brasil
www.editoramelhoramentos.com.br
sac@melhoramentos.com.br

Impresso no Brasil

Ao meu primeiro amor, que me alimentou e amou desde os seus primeiros enjoos... É pra ti, minha mãe, minha guerreira. Que cada dia eu renove contigo, o nosso primeiro abraço de eternidade...

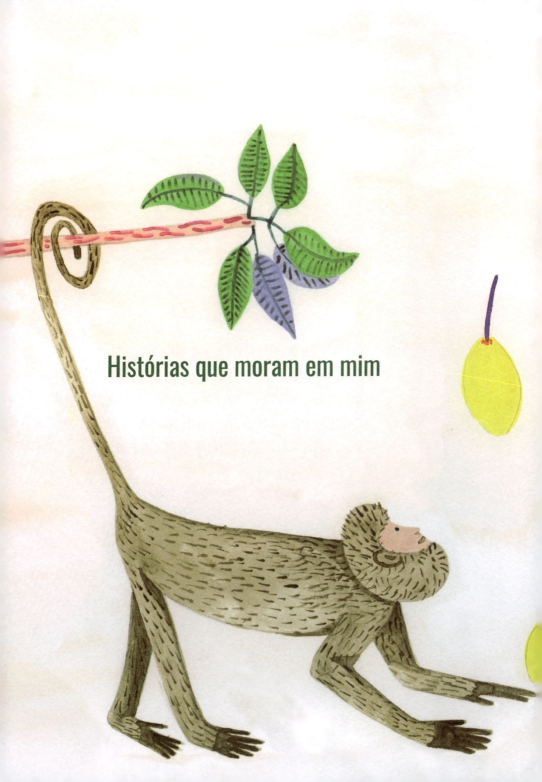

O sentido da existência está na cor do encontro.

Cristino Wapichana

Parte I

O Curumim

O Sol já havia caminhado por quase todo o céu e deslizava para seu momento de descanso. E lá estava eu, novamente naquele lugar, cercado de árvores frondosas, cheias de vida. Ali, o tempo me conduzia feito o vento da manhã, que, sem pressa ou destino, transporta no ar sementes vestidas de branco, igual penugens de filhotes de gavião. Aquele lugar parecia ter surgido do mundo onde moram os sonhos. Era ali que eu exercitava minhas percepções, minhas reflexões, minha paciência e meus músculos em desenvolvimento.

Meu corpo se enchia de leveza e coragem. Meus braços e pernas ganhavam força, os sentidos se apuravam. Assim, eu me preparava para ser um bom guerreiro. Aquele pedaço da aldeia era parte de mim. Quando eu não ia até lá, ele vinha até a mim, como os sonhos nos encontram.

As árvores dali cresceram espaçosas, com troncos perfeitos para a gente subir e se esconder.

No meio daquele belo lugar morava a maior árvore de toda a região. Ela era majestosa. Tinha um tronco imenso. Para circundá-la completamente, precisava-se de pelo menos cinco homens. O caule erguia-se rumo ao céu, sem curvas; os galhos se espalhavam no alto, sem medo de altura – assim poderiam sentir o calor dos primeiros raios de sol, os primeiros pingos de chuva e os ventos mais refrescantes.

Aquela árvore anciã era um grandioso pé de jatobá. Ele nasceu em um tempo antigo, bem antes de nossa aldeia existir ali.

Um dia, vi minha avó caminhar em sua direção, acompanhada de sua inseparável darywin. Pensei que seria uma ótima oportunidade para colocar em prática todas as minhas habilidades de caçador. Então a segui com cuidado, como quem persegue uma caça preciosa.

Bolsa feita de palha.

Ao chegar próximo do tronco do velho jatobá, vovó parou e ficou olhando-o com reverência. Escondi-me por detrás de um pé de cajá e fiquei observando, curioso, para ver o que iria acontecer. Vovó foi se aproximando de mansinho daquela grande árvore. Com um gesto carinhoso, tocou-a com as duas mãos e, lentamente, foi encostando o rosto no tronco para senti-lo. Com os olhos fechados e um sorriso amigo, ela iniciou uma conversa baixinha, como quem troca segredos. Tentei chegar mais perto para ouvir, mas os meus pés não me obedeceram. Senti como se eles tivessem criado raízes ali. Então percebi que aquele momento era somente para os velhos e não me pertencia. Pensei em fugir, mas meu coração me acalmou.

Minha avó carregava uma pequena panela de barro com algumas brasas dentro. Assim que terminou o momento das palavras, ela soprou a boca da panela, e as cinzas que protegiam as brasas subiram e ficaram pairando no ar. Vovó retirou de sua bolsa um pedaço de <u>maruai</u> e a pôs suavemente sobre as brasas. Instantaneamente, uma fumacinha cheirosa foi surgindo, formando imagens mágicas que logo se desfizeram no ar.

> Resina feita a partir da árvore Maruai.

Ela começou a dançar ao redor do jatobazeiro, entoando um canto ancestral, e a fumaça da cor de nuvem sem chuva os envolveram. Terminada aquela cerimônia espiritual, vovó pegou de sua bolsa um pedaço de pedra cortante e, em silêncio, feriu o tronco do jatobá, retirando pedaços de sua casca com cuidado. Quando terminou, embrulhou tudo em um pano de algodão e o guardou em sua bolsa, fechando-a devagar. Então disse:

— Venha cá, curumim...

Sua voz rouca invadiu meus ouvidos, lá onde moram meus medos. Fiquei quieto e me escondi dentro de mim. Pensei: "Como vovó sabe que estou aqui se ela estava de costas para mim?".

Fiquei envergonhado e receoso por estar ali sem ser convidado.

— Venha, meu neto! – intimou.

"Hum... Será que os velhos vão ganhando mais olhos com o passar do tempo? É melhor eu ir antes que ela me chame novamente, pois, quanto mais eu demorar pra responder, pior vai ser a bronca", pensei.

Com coragem caminhei em sua direção, mesmo sem saber o que fazer ou dizer. Mas, para minha surpresa, vovó virou-se devagar e, com o olhar afetuoso de avó, estendeu sua mão, afagou minha cabeça e foi dizendo mansamente:

— Sabe, meu neto, não estamos sozinhos no mundo. Olhe para esta árvore e para o chão que você pisa. Somos feitos de uma pequena parte de tudo o que nos cerca. Não podemos nos esconder. Tudo nos vê. Estamos ligados com todos os seres pela terra, pela água e pelo ar... Dependemos deles para continuarmos no mundo, e eles dependem da gente. Não somos mais importantes que eles nem eles mais importantes que nós.

Fiquei refletindo sobre suas palavras, enquanto olhava para o tronco de jatobá e observava o lugar do qual ela havia retirado as cascas. Então, me perguntou:

— O que vê aí?

— Vejo que do lugar no tronco ferido pela pedra está saindo algo parecido com água.

— Sim — ela afirmou. — Este é o mesmo líquido que sai da primeira camada de nossa pele quando nos ferimos.

Olhei atentamente para o jatobá e vi incontáveis cicatrizes antigas de tamanhos e formas diferentes, desde o início do tronco até onde nascem três grandes braços.

Foi nesse dia que vovó me disse que os jatobás são sagrados. Continuei olhando para o alto, encantado pelo momento. Vi que aquela grande árvore de fato era como a gente. Os galhos pareciam grandes braços e logo se transformavam em outros menores, como se fossem dedos vestidos com folhas verdes e de unhas gigantes.

Minha avó continuou a falar daquela velha árvore como se fossem amigas íntimas, de longa data. Disse que aquele jatobá conhecia o tempo das chuvas, do frio e do calor; inclusive o tempo que conduziam as brisas sopradas para acalmar estações.

Falou ainda que aquelas cicatrizes haviam sido deixadas por homens e animais que ao longo de suas vidas usaram as cascas para curar enfermidades e os frutos para se alimentar. O jatobazeiro é o sábio e também o guardião. Ele ensina o que se aprende com os sentidos.

— No mundo temos de compreender a importância do existir, meu neto. Não vivemos apenas para nós mesmos. Existimos quando o outro existe e nos completamos quando nos doamos, como esta árvore, que se deixa ferir para curar os outros. Só existimos juntos — concluiu.

Depois daquele momento mágico, retornamos para casa. Vovó não me deixou levar a bolsa nem a panela que abrigava as brasas e o maruai, que desfazendo-se em fumaça com cheiro e cor, cobria o caminho da volta.

Aquele lugar passou a ser ainda mais encantador e acolhedor. O melhor é que ficava a menos de três tiros de flecha da minha casa. Quando eu estava lá, o mundo se resumia àquele pedaço. Havia sempre frutos maduros exibindo-se para ser degustados. Bastava escolher, colher, descascar e comer.

Todas as manhãs, quando o Sol esforçava-se para romper o dia e realizar seu rito de passagem, sabiás, bem-te-vis, pataqueiras, rouxinóis, anuns, canários e tantos outros passarinhos instintivamente se encontravam para ofertar seus cantos bonitos e despertar o dia. Cantavam com liberdade e alegria, sem se preocupar com afinação. Não demorava, e o Sol aparecia. Os pequenos voadores passarinhavam de galho em galho, de árvore em árvore, revelando suas cores e cantarolando histórias sem fim. Quando o Sol esquentava, os passarinhos se aquietavam. Poucos, como o sanhaçu e o bem-te-vi, aventuravam-se a cantar e voar, pois era hora de os gaviões iniciarem suas caçadas.

Quando o Sol começava sua descida para descansar, novamente a passarinhada tomava conta do mundo com sua festa colorida de cantos e namoros. Somente a chuva ou o frio mais forte eram capazes de roubar aquele momento de alegria dos passarinhos.

Como eles, eu também praticava e aprimorava minhas habilidades para ser um bom guerreiro. O que eu mais gostava era atirar com a zarabatana que tinha ganhado de meu pai quando completei oito invernos.

Ela tinha a espessura do dedão do pé do meu avô e o comprimento passava da altura do meu peito. Era toda coberta com grafismo e desenhos de passarinho voando, feitos com fibra de arumã. Os grafismos contavam histórias antigas. Uma delas era de como os pássaros ganharam cores, cantos e braços voadores.

Eu adorava a zarabatana, porque, além de ser minha companheira inseparável, ela era linda e tinha sido feita pelo meu pai.

> Ou aruman: planta da família das marantáceas, gênero *Ischnosiphon*, nativo do Brasil.

•••

Num dia, quando o Sol já passava da metade do seu rito e os passarinhos aquietavam seu canto, peguei minha zarabatana e fui brincar naquele lugar de aventuras ao lado de casa.

Encravei em um pé de mangueira velha uma folha de embaúba e nela desenhei a cara de um animal feroz. Então eu me distanciava, escondia meu corpo magro de menino arteiro por trás de qualquer árvore e esperava o melhor momento para disparar o tiro fatal. Como era bonito ver a flechinha da zarabatana criar seu próprio caminho, rompendo o ar e acompanhando meu pensamento até o alvo. Pena que, na maioria das vezes, e por conta própria, a flechinha fugia do meu pensamento e se esquivava do alvo.

Mas eu não desistia. Escondia-me novamente, municiava a zarabatana com cuidado, recalculava a trajetória a ser percorrida pela flechinha, molhava o dedo indicador para ver a direção e a velocidade do vento e então disparava! Tiro certeiro! Era só buscar o animal abatido feito de folha de embaúba.

Pela quantidade de folhas espalhadas no chão e pelo cantarolar dos passarinhos, a tarde já estava se despedindo. Num lugar com tanta atração não tinha como não se deixar levar pelo tempo. Além do mais, naquela selva perigosa, aos arredores de minha casa, eu era simplesmente o melhor caçador!

A luminosidade já estava comprometida, mas eu sentia que precisava fazer uma experiência mais séria. Para minha sorte, logo ouvi passos pisando nas folhas secas, vindo em minha direção. Meu coração acelerou. Escondi-me atrás de uma árvore, respirei lentamente, municiei a zarabatana, só que desta vez com uma flechinha envenenada. Fiquei imóvel. Os pensamentos voltados para aquele que poderia ser o meu último encontro com uma fera.

Apontei a zarabatana para o alvo com cuidado. Quando avistei o bicho, ouvi a voz de minha mãe me chamando. Ignorei o chamado dela e me coloquei em posição defensiva, torcendo para o bicho não ter sentido minha presença. Olhei, e a caça continuava lá, distraída. Eu não podia perdê-la! Além do mais, não era um bicho qualquer. Era uma onça! Pelo tamanho das pintas, tinha quase meu tamanho. Era o pai de todas as onças! A visibilidade estava ruim, mas eu tinha de abater aquele animal ou ele iria me abater. Fiz a mira com cuidado, enchi os pulmões e assoprei com todas as minhas forças e o ar empurrou a flecha certeira! Aquela grande onça feroz esturrou, deu um salto bem alto e se estatelou no chão. Foi um tiro perfeito! Do jeito que caiu, ficou.

Caminhei em sua direção com a zarabatana armada, pronto para atirar caso ainda estivesse viva. Cheguei perto e vi que o tiro foi bem no meio de uma pinta preta na testa. Retirei a flecha da cara da onça – desenhada com carvão – na folha de embaúba e disse:

– Nunca mais atacará minha comunidade!

Depois daquela perigosa caçada, achei melhor ir para casa antes que uma onça de verdade aparecesse!

O cheiro do jantar feito pela minha mãe já havia me encontrado, e meu estômago não ia me deixar mais tempo ali. Costumávamos nos reunir para jantar antes que a noite engolisse o dia por inteiro. Assim, todos se recolhiam para descansar em segurança.

Nem todos estavam em casa porque o tempo das caçadas de verdade havia chegado. Os homens ficavam enfeitiçados com o chamamento da floresta, que os recolhiam por dias e noites em seu ventre. Mulheres, crianças e alguns homens permaneciam na comunidade. As mulheres passavam o tempo cuidando das atividades coletivas, enquanto se divertiam relembrando acontecimentos engraçados.

Naquele final de dia, quando jantávamos dentro de casa, ouvimos os bem-te-vis cantando alvoroçados. Pelo que eu conhecia, devia ter algum pássaro grande invadindo seu território, ameaçando ninhos ou querendo atacar outros passarinhos. Os bem-te-vis são festivos, mas também vigilantes e guerreiros. Esses pequeninos de peito amarelo vivem em algazarras nos fins de tarde e permanecem cantando um pouco mais que os outros passarinhos. Mas ficam uma fera quando surge algum estranho por perto, especialmente da família dos gaviões. Os bem-te-vis não ligam para o tamanho ou perigo que o bicho oferece. Pouco importa a eles se o estranho tem asas, pés ou patas, se rasteja ou anda. Quanto maior, melhor para atacar. Rapidamente se preparam e partem para o ataque com voos rasantes, distribuindo muitas bicadas na cabeça e nas costas do intruso, até ele cair fora.

Gosto muito de ver a luta dos bem-te-vis contra os gigantes, mas naquela vez mamãe fechou a entrada da casa e não nos deixou apreciar a luta. Não entendi o motivo, mas também não insisti. Só me restou imaginar e torcer pelo sucesso dos passarinhos valentes.

Meu avô sempre falava que tínhamos de alimentar bem o corpo e também o espírito para crescermos fortes e saudáveis, para buscarmos ter a coragem do bem-te-vi, a leveza de uma pluma e a velocidade de um beija-flor. Mas não era só isso. Dizia também que tínhamos de ter a força e a destreza de uma onça e a fidelidade e o coração de um cão. Eu achava isso o máximo! Embora não entendesse completamente o significado de todas as palavras e ensinamentos.

Aquele fim de tarde definitivamente estava estranho. Eu sabia que não tinha ninguém fora das casas, ainda que o Sol insistisse com alguns raios. Minha mãe estava com os olhos quietos demais. Estava preocupada com a ausência do nosso pai e não deixava nem meus irmãos cochicharem. "É... Acho que o gavião perdeu a batalha mais uma vez. Os cantos dos bem-te-vis cessaram", pensei.

Na aldeia, um silêncio de abandono dominava. Aquilo não era um bom sinal. Estava com jeito de notícia ruim caçando gente.

Para ajudar minha mãe, fiz sinais a meus irmãos menores pedindo que brincassem em silêncio.

Lá fora, o vento começou a soprar sem pressa. Nós o ouvíamos passear por entre as folhas das árvores, provocando um dançar contagiante. No chão, folhagens secas se arrastavam. Eu ficava imaginando as folhas se desprendendo da terra, alçando voos sem destino, como numa última visita às alturas, misturando-se com outras tantas que um dia também se desprenderam de suas mães árvores. A força do vento fazia-nas cantar. Parecia revoada de <u>pada-padas</u> em tempo de colheita. Pelas frestas das paredes de palhas, assobios agudos invisíveis invadiam o interior da casa. Sentíamos aquele som passeando pelos nossos corpos e o víamos brincar com o fogo sob a panela que cozinhava o jantar.

Pombos silvestres.

O vento que começou sem pressa transformou-se em ventania e logo virou vendaval.

Ouvíamos galhos e árvores se partindo lá fora. Parecia uma anta descontrolada, correndo na mata.

Existe uma história antiga de que os ventos fortes carregam espíritos zangados. Quando ele encontra a grande cobra que a gente não vê, acaba assumindo seu corpo. A cabeça dela fica no rumo do céu e a cauda na terra. Por onde passa, deixa um caminho de destruição. Quando quer comer algo, desce com velocidade e abocanha qualquer coisa num piscar de olhos.

Aqueles sons assustaram os meus cinco irmãos menores, que logo se grudaram na minha mãe. Eles pensavam ser a grande cobra zangada. Confesso que também fiquei com certo medo, mas com minha zarabatana ali, se a cobra gigante ou algum animal tentasse invadir minha casa, iria provar do sabor fatal da minha flechinha.

Mais que em qualquer outro lugar, em casa eu precisava demonstrar coragem para meus irmãos, já que eu estava me preparando para me tornar um guerreiro.

Para reforçar a segurança dos meus irmãos e de nossa mãe, caminhei até o lugar onde guardávamos nossas armas mais poderosas. Peguei minhas flechas e meu arco só para garantir, caso minha zarabatana errasse o alvo. Meus três irmãos mais velhos, quando me viram pegando o arco e as flechas, armaram-se também.

Caminhamos lado a lado até a entrada da casa e ficamos prontos para enfrentar qualquer perigo.

Naquele momento me senti o próprio bem-te-vi! Tomamos a frente de nossa mãe e de nossos irmãos mais novos com nossos arcos e flechas em punho, apontados para a entrada da casa, fechada com uma porta de palha que a gente movia para o lado na hora de abrir. Estávamos dispostos a defender nossa família a todo custo. Ali éramos

os homens defensores da casa. Meu coração batia rápido e forte, meus dentes se espremiam uns contra os outros, e minhas pernas pareciam ter vida própria. Engolimos em seco e ficamos lá firmes e prontos. Eu sabia que aquela minha atitude valeria muito quando fosse avaliado para me tornar um guerreiro destemido.

Sentia medo, mas a coragem ancestral estava ali comigo, e o frio inevitável na barriga estava bem agasalhado. E, para aumentar a tensão, alguns sons estranhos foram se juntando ao vendaval. Olhei para nossa mãe e tentei ler sua mente para descobrir algo, mas nada! Nem sinal. Só me restou tentar decifrar aqueles sons. Movi a cabeça pra cima e para baixo, de um lado para o outro, para captar melhor e identificar os diversos sons. Minha mãe, vendo minha angústia, fez um sinal para eu prender a respiração para ouvir melhor. Segui seu conselho, mas continuei a escutar uma confusão de sons. Meu irmão mais velho estava com os olhos arregalados. Pelo visto, algo assustador estava lá fora!

No meio daquela confusão de sons, ele falou baixinho:

— Parece que são os passarinhos viajantes...

Eu não consegui entender nada! De tão concentrado que estava, fiquei sem saber se dava ouvidos a ele ou se continuava tentando decifrar os sons.

Tão rápido como um beija-flor, meu irmão saiu em disparada para a porta aos gritos:

– São eles! São eles! São eles! Os passarinhos viajantes! São os passarinhos viajantes! São os passarinhos viajantes!

Tentei impedi-lo, mas já era tarde. O espírito do beija-flor não me acompanhou. Agora sabíamos do que se tratava. Saímos correndo para ver os passarinhos. Quando coloquei o rosto pra fora, quase toda a aldeia estava olhando para o céu, recepcionando com gritos de alegrias os viajantes que chegavam sem parar. Eram tantos, que era impossível contá-los. Eles faziam manobras acrobáticas no céu com perfeição! Pareciam nuvens escuras dançando.

Os passarinhos viajantes chegavam sempre no final do inverno. Passavam para se alimentar e achar algumas árvores boas para descansar de sua longa viagem e continuar, no dia seguinte, pelas estradas infinitas do céu, pouco antes de o Sol acordar.

Foi lindo ver os passarinhos viajantes voando a toda a velocidade por cima das casas, buscando um bom abrigo. Quando achavam, entravam entre as folhagens como flechas, apassarinhando-se nos galhos um ao lado do outro para adormecerem aquecidos. Os que sobravam daquela revoada continuavam seus voos, formando outra nuvem dançante até encontrar sua árvore. Impressionava vê-los cantando ao mesmo tempo em que voavam cortando o céu, formando diversas nuvens em movimento, sem se chocar um com o outro. Parecia que cada um sabia do seu próprio caminho.

Depois que todos conseguiam se acomodar, seus cantos, aos poucos, eram rendidos pela silenciosa escuridão da noite. Toda aquela alegria anunciava a chegada do verão.

Ao final daquele animado encontro, as estrelas já nos olhavam lá do céu. Entramos em casa ainda com gestos e risos soltos, comentando sobre as melhores acrobacias dos passarinhos viajantes. Era tão lindo revê-los depois de um ciclo completo de estações... Embora suas cores fossem limitadas, com as costas pretas e os peitos brancos, o encanto de seus movimentos ia além.

Minha mãe reacendeu as chamas do fogo no centro da casa para aquecer a comida e iluminar o espaço. Sentamos à beira dele enquanto ela punha o jantar na esteira. A comida cheirosa parecia deliciosa! Era um cozido de carne seca de veado com macaxeira, temperada com folhas, pimentas malaguetas e carinho de mãe. A farinha amarela de mandioca estava crocante e o suco de buriti completava a refeição. Enquanto nos servia, mamãe continuava num silêncio misterioso.

Eu não aguentava vê-la daquele jeito. Resolvi perguntar o porquê de sua tristeza, mas mamãe preferiu desviar o assunto. Mandou-me terminar o jantar e ajudar a colocar meus irmãos para dormir nas redes. Não insisti. Apenas obedeci. Mas, como todo curumim, fiquei curioso em saber qual o motivo daquela tristeza e resolver a situação para vê-la feliz.

Desconfiava que fosse a ausência de nosso pai, já que fazia uma semana que ele e outros caçadores tinham saído para caçar e ainda não haviam retornado. Nossa comida de caça estava acabando. Mesmo tendo frutas, precisávamos de outros alimentos. Fui dormir pensando onde meu pai estaria. Afinal, já havia se passado o tempo para o grupo retornar.

A floresta é muito perigosa. Não são apenas os bichos grandes que podem atacar. Existem outros menores que são venenosos e mais difíceis de serem vistos. Na mata há lugares encantados que deixam os caçadores desorientados, fazendo-os andar em círculo.

Será que deu alguma chuva forte e eles se perderam? Ou aconteceu algum acidente e ainda estão muito longe? Quem sabe encontraram muita caça e precisaram moquear para conservá-la, o que acabou levando mais tempo... Podia ser também que não tivessem encontrado nada. Será? Estávamos na fase da Lua que cresce, tempo bom para o encontro com caças.

Então comecei a achar que era isso mesmo que estava deixando minha mãe triste.

Quando meu pai estava em casa, tudo ficava bem. Sentíamo-nos seguros e alegres. Ele sempre foi muito atencioso. Embora não fosse de muitas palavras, era amoroso e carinhoso do jeito dele. Um verdadeiro líder. Sabia e entendia tudo, até minha mãe entrar no assunto e dominar a conversa.

Pensando em tudo isso, meu coração foi ficando pequenino e a saudade foi invadindo, encontrando um lugar quentinho para se aconchegar. Acho que minha mãe e meus irmãos menores estavam com os corações ocupados de saudade também.

Bem, aquela seria mais uma noite em que iríamos dormir longe de nosso pai. O que nos confortava é que ele tinha ido caçar comida para nos alimentar e a certeza de que voltaria.

•••

Certa vez ouvi papai falar que ter uma família era um direito de todos os homens da aldeia, porém era algo que precisava ser conquistado. Exigia dele mais que uma simples escolha ou coragem, mais que força, habilidade ou conhecimento. Era preciso, acima de tudo, responsabilidade e compromisso.

Família é a melhor coisa que alguém pode ter. Família significa cuidar e ser cuidado. Tem coisas que meu pai falava que ainda hoje não entendo. Mas eu sabia que, sem minha mãe, meu pai e meus irmãos por perto o mundo ficava menor e sem cor. Sem eles, eu sentia nascer dentro de mim um buraco escuro, sem fundo ou parede. E, mesmo que a gente considere todos da comunidade como nossos parentes, a família é única, como os desenhos de nossas mãos.

Os ensinamentos de meu pai sempre faziam minha imaginação voar. Eu ficava tentando achar um abrigo dentro de mim para acomodar todos eles.

Acho que é por isso que os moradores da aldeia precisavam ser ótimos leitores do seu lugar. A leitura era um exercício diário, pois, quanto mais a gente lia, o ambiente e tudo que vivia ali, mais nossa inteligência se desenvolvia. Os conhecimentos iam ficando do tamanho que a gente queria que eles ficassem.

Existem algumas leituras especiais que a gente só aprende com os velhos sábios. Essa é a leitura de que eu mais gostava, porque aprendia sobre a origem do mundo, das coisas e dos seres encantados – e o quanto necessitamos uns dos outros. Mas o melhor de tudo é que a missão de ensinar era dos nossos avós. São eles os guardiões e transmissores de nossa cultura. Eles nos ensinam cantando e contando histórias. Meus avós nos contavam histórias da Lua, do Sol, das estrelas, dos grandes rios, histórias das grandes árvores, de animais de todas as espécies. E, quando contavam, parecia que tinham presenciado tudo. Contavam com tantos detalhes, que não tínhamos como não gostar de aprender, ler e interpretar as pegadas dos bichos, os ventos e as nuvens que carregam muitas águas ou apenas frio...

Meu avô parecia saber tudo! Certa vez, ele disse que as leituras eram tão importantes para nossa vida que dependíamos delas para conseguir viver mais. Passei muitos dias pensando sobre o que ele quis dizer com aquilo – e confesso que na época não compreendi direito. Eu desconfiava que tinha a ver com as coisas que tínhamos aprendido. Algo sobre os benefícios ou danos que podiam nos causar. Em nossas leituras do ambiente, por exemplo, não podíamos confundir o canto de sapo-cururu com o canto do macaco guariba. Deve ser por isso que ele insistia em dizer com a sua voz rouca e compassada: "Vocês precisam aprender a usar os sentidos. São eles que irão lhes mostrar os perigos antes de aparecerem".

Aprendi que um dos mais importantes é o olfato. Na mata temos que usá-lo muito. Todo bicho tem seu cheiro, e precisávamos identificar cada um. O cheiro de onça, por exemplo. Não sei o que eu faria se desse de cara com uma enorme! Aprendi que, se eu sentir medo, ela pode perceber e me atacar. Se eu correr, ela corre mais. Se eu subir numa árvore, ela sobe mais rápido. Não sei se num encontro com uma, meu medo conseguiria guiar minha flecha até o coração dela. A última opção seria jogar o que tivesse nas mãos e dar gritos desesperados como: "Sai pra lá, bicho feio!". De repente ela poderia até se assustar!

Dizem que as onças se borram de medo de gritos!

Melhor nem pensar num encontro desse para não acontecer de os nossos gritos virem acompanhados de outras coisinhas que cheiram mal.

• • •

Vovô tinha muito cuidado em nos contar certas histórias. Ele as escolhia conforme nossa idade para não causar confusão em nossa mente. Havia outros velhos que contavam histórias e nos incentivavam a ler tudo ao nosso redor. A leitura pertence a todos, e todos são responsáveis por ensinar a ler e a escrever. Pais, tios, primos ensinam leituras diferentes para

que todos sejam capazes de ler o mundo, de ser observadores e coletores de novas informações, de saber usar o conhecimento diariamente em atividades cotidianas como caçar, pescar, plantar e nadar, além de conhecer bem a mata e as águas dos rios. A leitura nos livra de perigos e acidentes. Confesso que tantas leituras juntas me deixavam com certa confusão na cabeça, mas à medida que ia aprendendo, eu também ia ganhando conhecimento para ser um bom guerreiro.

Lembrar tudo isso naquele momento acabou me dando sono. Era tarde, pois os inambus estavam cantando, anunciando o tempo de dormir.

— Boa noite, pai criador; boa noite, família; boa noite, seres; boa noite, noite.

Na manhã seguinte acordei com os estalidos da lenha queimando. Minha mãe já estava preparando a primeira refeição do dia, os passarinhos cantavam e contavam histórias, mas o Sol ainda não tinha despertado. Coloquei minha cabeça para fora da rede, ainda com os olhos pesados, para ver o que minha mãe estava preparando. Eu a vi sentada à beira do fogo, com a mão dentro de uma cuia grande. Hum! Hoje vamos ter beijus de tapioca!

Minha irmã também estava à beira do fogo, recebendo aquele carinho quentinho. Eu sentia um frio gostoso nas costas pelo fundo da rede. Aquela preguiçinha acompanhada de bocejos cheios de manha dominava todo o meu corpo quase magro. O fogo estava convidativo demais!

Espreguicei-me na rede e bocejei largamente. Levantei com a preguiça e segui rumo ao fogo. Fui desviando das redes até chegar ao calorzinho.

— Bom dia, mãe; bom dia, mana; bom dia, fogo; bom dia, mundo.

— **Kaimen Kupukudan** — responderam.

Agachei-me e fiquei de cócoras entre a minha irmã e minha mãe. Peguei um graveto de um pedaço de lenha e o aproximei das brasas da cor de urucum que alimentavam as chamas. Deixei a ponta do graveto dois ou três dedos acima das brasas. Imediatamente o calor delas foi aquecendo a ponta do graveto amarelado. As brasas foram mudando a cor daquele pedaço de madeira, que foi escurecendo. Uma fumacinha começou a surgir da ponta do graveto e, como magia, explodiu numa pequena chama, cheia de vida, que dançava alegre, feito curumim que aprendeu a nadar. Eu a afastei do fogo para observá-la melhor e ver quanto tempo duraria. Fiquei ali, admirando aquela chama linda, cheia de formas e cores, a se exibir ao mesmo tempo em que consumia aquela pequena lasca de madeira sem qualquer piedade.

Bom dia.

Quando a chama se apagava, eu encostava o graveto próximo à boca e o assoprava com delicadeza onde ainda havia brasa para tentar trazê-la de volta; porém, na maioria das vezes, ela não retornava. Minha cabeça ficava cheia de indagações. Que espírito possui o fogo? Como seria nossa vida sem ele?

Mamãe não gostava que eu brincasse com fogo. Ela dizia: "Quem brinca com fogo acaba se queimando e fazendo xixi na rede". Quando eu sentia que a bronca não era, assim, tão séria, eu continuava a fazer minhas experiências, mesmo sabendo que minha mãe sempre tinha razão. A prova é que ainda tenho algumas marcas nas pernas dessas experiências com fogo. E quanto ao xixi? Bem, essa parte não vou contar!

•••

Finalmente os passarinhos despertaram o Sol. E, pelo canto do pássaro acauã, aquele seria um dia quente.

Todos já estavam acordados na aldeia e faziam sua primeira refeição do dia, assim como minha família. O beiju estava delicioso, e o suco de bacaba com farinha e mel, melhor ainda.

Restava um pouco de fumaça dentro de casa. Aliás, esse é o principal cheiro da aldeia. Cheiro de fumaça. Eu nem tinha terminado ainda de tomar o suco de bacaba, e meus pensamentos já corriam para o rio, querendo tomar o primeiro dos vários banhos do dia. Levantei da beira do fogo e vi um raio de sol curioso que tinha acabado de encontrar uma brecha na palha velha da casa tocando o chão batido. Ele parecia querer saber o que estava acontecendo lá dentro.

Fui ao seu encontro quietinho. E, como quem não quer nada, agachei devagar, apoiando um joelho e uma mão no chão, e fiquei olhando seu movimento quase imperceptível em minha direção. Prendi a respiração para não assustá-lo. Deixei aquele pequeno raio subir na palma da minha mão. Sem pressa, ele subiu pelas pontas dos dedos e caminhou até o centro da mão. Levantei-me devagar com ele na palma direita, com todo o cuidado para que não fugisse. Aquele raio, do tamanho de um ovo de inhambu, parecia sentir-se confiante e seguro comigo. E, naquele momento de cumplicidade e amizade, nos permitimos brincar. Eu o fazia pular de uma mão a outra. Ele dançava de alegria. Eu o deixava caminhar livremente pelos meus braços, pernas, costas, barriga, como amigos eternos. Brincávamos cuidando um do outro. Mas o tempo que caminha para a frente nos faz breves... Aquele raio de sol foi diminuindo e sua luz se enfraquecendo. Então me sentei e o trouxe de volta para o centro da minha mão com cuidado e segurança. Ficamos ali, quietos. Toda a nossa alegria converteu-se numa despedida sem palavras, risos ou choro. O pequeno ponto de luz, que há pouco saltava cheio de vida, agora apenas transferia o restante de seu calor para mim. Eu sentia a energia dele se espalhando pelo meu corpo.

Naquele instante, eu era a esperança de eternidade daquele pequeno raio de sol. Aos poucos, ele foi deixando sua luz misturar-se com a minha, até que nossa energia fundiu-se numa única cor. Na cor do encontro.

Compreendi que tudo tem um tempo dentro do tempo. Que devemos viver com intensidade e liberdade, sem jamais esquecer que todos têm o mesmo direito de ser e de viver. Cada um com suas próprias cores.

É como meu avô dizia: "Só existimos na terra no tempo em que nosso coração pulsa e nossos pés caminham".

O que já vivemos aqui fica aqui. Após o desaparecimento de nosso corpo, mudamos para outro lugar, em outro tempo. E os que partiram passam a viver aqui na terra, no lugar que ficam as lembranças. O tempo além dos nossos passos é onde nossos antepassados moram. Quem vai morar lá ganha o direito de viajar por todos os tempos.

Aquele pequenino raio de sol despediu-se do breve momento de alegria mútua. Eu fiquei feliz por ter participado de sua vida, e ele da minha. Talvez ele tenha ido para outro encontro, outra aventura, num outro mundo, talvez. Acho que o sentido da existência está na essência dos encontros. São os encontros que nos permitem viver momentos especiais, inesquecíveis, que nos fazem sentir parte do outro e do mundo.

Sei que ele ficou em mim, mas também levou um pedacinho meu, que não me fará falta alguma.

Depois daquele momento, peguei duas cabaças e minha zarabatana e fui ao encontro dos meninos que estavam bem adiantados a caminho do rio.

Logo ouvi os curumins conversando e apressei o passo para acompanhá-los. Ainda que o rio fosse perto da aldeia, o caminho era estreito e as onças que nos assombravam nos contos e sonhos poderiam estar ali à espreita.

Lá na curva do rio, há um bom lugar para nadar e correr, num pedacinho de praia que o verão deixa para a gente brincar de cobra grande e ariranha e ver quem mergulhava mais longe ou quem ficava mais tempo debaixo d'água. Essas eram as brincadeiras preferidas.

Depois do banho, retornávamos para casa com as cabaças cheias de água para serem usadas nos afazeres da casa. No restante da manhã, nos ocupávamos em ser crianças; em caçar, pescar, fazer abrigos, coletar frutos, construir brinquedos, subir em árvores, chorar; em nos machucar, nos ajudar e nos consolar. Em aproveitar nosso tempo de curumim.

Perto do meio-dia, ouvimos o canto dos homens chegando da caçada. As mulheres foram ao seu encontro com as cabaças cheias de água e <u>parakari</u>. Os homens que ficaram na aldeia também as seguiram para receber as cargas. Havia muita caça moqueada! Deu até água na boca. As mulheres dançavam felizes com os homens ao som de maracás e de flautas feitas de embaúba e de ossos de pássaros.

É bonito ver o encontro dos caçadores com a comunidade. A festa começa quando eles chegam e continua sem tempo de acabar.

Meu pai logo deu um jeitinho de ir para casa cercado dos filhos. Ele carregava nas costas uma bolsa de palha que, pela cor de floresta, tinha acabado de ser trançada. Eu estava curioso para saber o que tinha lá dentro, mas esperei que ele nos mostrasse a surpresa. Ele demorou, mas na primeira distração fui atrás. Minha ideia era usar os sentidos. Eu queria ouvir e sentir o cheiro daquela coisa para descobrir o que era. Encostei o rosto na bolsa e comecei a cheirá-la, porém não decifrei o que poderia ser. O cheiro da palha nova era mais forte. Cheguei mais perto, mas ainda assim

> Bebida fermentada feita de mandioca.

não consegui ouvir. Os curumins faziam muito barulho. Mesmo sem sucesso com o sentido da audição, não pensei em desistir. Queria saber antes dos outros, mas meu pai não parava de se mexer!

Resolvi usar uma tática infalível:

— Pai, o que o senhor tem dentro da bolsa em suas costas?

— Nada — respondeu ele.

Dessa vez minha tática não funcionou. Que tinha alguma coisa ali, ah, isso tinha! Assim que chegamos em casa, ouvi um choramingado acompanhado de um latido fraquinho que vinha da bolsa.

— Ô pai, por acaso nada late? — perguntei.

— Como assim, meu filho?

— Sua bolsa está latindo! — disse eu.

Sorrindo, meu pai tirou a bolsa das costas e disse:

— Peguem as esteiras.

Quando ele falava isso, tinha surpresa na certa. Era assim o jeito dele de falar: "vocês são o que de mais valioso o Criador nos deu, e eu estava morrendo de saudade dos melhores curumins do mundo". Nesse momento especial, podíamos pular em cima dele, abraçá-lo e brincar à vontade.

Então colocamos as esteiras na forma de arco e sentamos à sua frente. Ele colocou a bolsa sobre a esteira e disse:

– Aqui dentro tem um ser frágil, mas muito especial. Antes de mostrá-lo, quero que prometam cuidar dele.

Concordamos com a cabeça imediatamente. Meu pai foi abrindo a bolsa com cuidado, seguido por nosso olhar curioso, loucos para ver o que tinha ali. Quando ele abriu toda a tampa, um serzinho foi mostrando o focinho preto feito carvão. Dava para ouvi-lo fungando, cheirando o ambiente. Depois, apareceu uma patinha branca e surgiu outra cor de folha seca. Assim que o animalzinho saiu, foi uma alegria só! Eu nunca tinha visto um cãozinho tão peludo. Assobiei, e ele correu para as minhas mãos. Eu o peguei e cheirei seu focinho. Ele não parava de lamber meu rosto.

– Vamos chamá-lo de Folha-Seca – falou minha irmã, porque ele tinha cores de algodão e folhas secas espalhadas pelo corpo pequeno.

Ele tinha o tamanho de quatro pontas de flecha e passava um pouco da palma das mãos juntas. Ele parecia entender tudo o que falávamos e respondia com latidos. Estava tão feliz quanto a gente. Naquela euforia, decidimos não dar nome para ele por enquanto.

Agradecemos ao nosso pai com um abraço coletivo pelo presente. Quando acabou aquele momento carinhoso, ele reafirmou:

— Cuidem bem dele para que ele cuide também de vocês. Escolham um nome especial. Eu o encontrei na beira do caminho, chorando, molhado do sereno da noite e com fome. Ele tem muita sorte de estar vivo, com tantos animais perigosos que saem à caça à noite. Quando fui pegá-lo, rosnou e latiu pra mim. Ele tem muita coragem. Vai ser um bom caçador – completou sorrindo.

Tratamos logo de alimentá-lo e de lhe oferecer água. Minha irmã menor, de quatro verões, correu e preparou um lugar fofinho e aconchegante para ele ficar perto de nossas redes.

Foi assim nosso primeiro encontro com o cãozinho, que recebeu o nome de <u>Minhayda'y.</u>

Amigo.

Parte II

Amigo

Aquele cãozinho trouxe mais alegria para nossa família. Ele era bem sapeca. Sempre estava mexendo em alguma coisa. Parecia que no mundo dele tudo era brincadeira. Difícil vê--lo quieto. Quando ele aprontava com as coisas da mamãe, ela o repreendia como se fosse um de nós. Mandava-o ficar no seu cantinho, e ele ficava. Acho que entendia mesmo nossa língua. Quando acontecia isso, ele deitava, encostava o queixo no chão e só movia os olhos, triste, como se estivesse pedindo para a gente tirá-lo daquela enrascada. Mas não podíamos fazer isso. Estaríamos desobedecendo nossa mãe, que não ia achar nada bom e nos colocaria com ele. Então, para salvá-lo dali, esperávamos uma distração dela. De fora da casa, um de nós assobiava bem baixinho. Era um assobio secreto que só nós sabíamos o significado. E como os cães ouvem melhor que gente, ele corria ao nosso encontro. Pensávamos que aquela era uma desobediência "boa" e que não teríamos problemas com Tuminkere.

Espírito supremo, criador de todas as coisas.

Amigo era muito esperto e entendia o significado de seu nome. Aonde íamos, ele nos acompanhava. Se fôssemos para o rio nadar, ele nadava também. Se corríamos entre as árvores, ele corria com a gente. Aprendeu até a subir em árvores. Fazíamos tantas coisas juntos...

O verão já estava acabando. Os relâmpagos e trovões anunciavam que os rios do céu estavam chegando cheios d'água e logo iriam descer para molhar a terra e encher os rios da terra.

Amigo não gostava nada dos trovões, e nós, menos ainda. Quando a noite chegava antes de o Sol partir, as trovoadas e chuvas vinham acompanhadas dos assobios dos ventos frios. Amigo ficava deitado embaixo da minha rede e passava toda a noite ali.

Nosso cãozinho já tinha mais ou menos a minha idade, comparada com a sua vida de cachorro, quando começou a ensaiar suas primeiras caçadas. No caminho que levava ao rio, se visse ou ouvisse algo correndo no mato, ele corria atrás. Se o animalzinho subisse em uma árvore ou entrasse num buraco, ele ficava latindo, nos chamando para ver o que havia acuado. Quando meu pai chegava com alguma caça, Amigo a cheirava da cabeça aos pés para identificar que animal era aquele.

Para a gente, Amigo já estava grande, mas para minha mãe e meu pai ele não passava de um cão curumim bagunceiro.

•••

A cobertura de nossa casa era feita com uma folha de três palmos de largura e quase o meu tamanho de comprimento, conhecida como ubim. Após ser colhida, era trançada sobre varas compridas. Dava-se uma volta na vara com o talo da folha. A ponta da folha, que passava por baixo dessa volta, segurava o restante do talo. E, assim, o processo era repetido com outra folha, sucessivamente, para deixar as folhas firmes na vara. Depois bastava amarrá-las com cipós titica nos caibros do telhado, e rapidinho a cobertura ficava pronta.

Por ter cobertura de palha, a casa ficava fresquinha mesmo quando o Sol estava muito quente. Porém, palha queima com muita facilidade. Uma vez, em um dia de verão, meu irmão mais velho que eu pegou um pedaço de madeira da fogueira em que se cozinhava, encostou a ponta da brasa perto da palha e me desafiou dizendo:

— Duvida como posso soprar a ponta deste tição?

Nem precisei terminar de dar a resposta, e o fogo começou a consumir as palhas. Logo um lado do telhado já estava em chamas. Vários parentes chegaram para tentar apagar o fogo, mas as palhas foram devoradas pelo fogo. A estrutura de madeira coberta por brasas estralava e, num ranger curto, os caibros entortavam, rompiam e despencavam... Foi assim que a casa que guardava nossos suprimentos e sementes deixou de existir. Vovô e vovó estavam lá. Não havia tristeza, desespero ou decepção neles. Sabiam que curumins são arteiros. Que o medo e o susto que meu irmão e eu havíamos passado eram mais fortes que qualquer punição. As lembranças que iríamos carregar não nos deixariam mais brincar com fogo perto de coberturas de palhas.

A cobertura com ubim dura bastante tempo se a folha for colhida na época certa. Ela deve ser apanhada no tempo que a lua se esconde da noite, quando a Lua começa a aparecer em forma de arco, já perto de o dia nascer. Essas palhas costumam crescer em lugares baixos dentro da mata, onde encontram água com facilidade. São necessários alguns cuidados para colhê-las. Os homens é que fazem isso. Há muitos perigos escondidos nas palhas. Cobras, aranhas e escorpiões gostam desses lugares úmidos e podem picar para defender sua casa. E, se acontecer um acidente com alguém, todos o socorrem e retornam para a aldeia, e o trabalho fica para outro dia. Meu irmão mais velho foi picado por uma cobra no inverno passado e foi difícil de curar. Quando chegava o tempo da Lua grande, o lugar da picada inchava e a força da Lua fazia sangrar sua gengiva. Ele sentia muitas dores por todo o corpo, especialmente onde fora picado, acima do calcanhar.

Não sei a razão, mas meu pai só achava de trocar a cobertura de nossa casa no inverno. Minha mãe passava dias reclamando com ele sobre goteiras no telhado. Sua fala parecia atrair novas goteiras. Passava da quantidade de dedos de minhas mãos o número das goteiras que moravam com a gente. Onde caíam, faziam suas casas de pequenos furos no chão.

Foi num dia de chuva, regado de reclamações de minha mãe, que ele resolveu pegar palhas novas na mata.

— Amanhã cedo iremos colher as palhas de ubim. Vamos levar todos que podem carregar um feixe delas — anunciou papai, ao chegar do último banho do dia.

Parecia que meu pai deixava tudo para o último momento mesmo.

Eu já me sentia apto a carregar palha, mas ainda não havia ganhado esse direito. Eu tinha experimentado o peso de um feixe e sabia que daria conta de carregar pelo menos um monte pequeno, suficiente para preencher umas cinco varas. Porém, somente meu pai poderia aprovar minha entrada no grupo. Entrar na mata de verdade era o sonho que todos os meninos queriam realizar.

Após o jantar, papai começou a formar a equipe, mas logo minha empolgação foi-se embora... Ele não me convocou.

Mas eu não podia ficar de fora! Já era grande! Tinha o direito de ir!

Olhei para minha mãe com aquela cara de "ô mãe, por favor, faz o pai me incluir no grupo!". Ela olhou para mim e deve ter pensado: "Acho que ele merece ir mais pelo comportamento que pelo tamanho".

Minha mãe começou a conversar com meu pai sobre outro assunto, acho que estrategicamente para ele ficar distraído, e no meio da conversa propôs a inclusão do meu nome. Saí de perto para não interferir na negociação e fiquei a certa distância para ouvir a resposta. Ele relutou um pouco, mas cedeu.

E não foi só isso, ela disse que iria também. Pensei: "tomara que não seja para ficar de olho em mim".

Agora eu me sentia importante e qualificado para a missão. Melhor que isso era saber que minha mãe confiava em

mim. Mesmo ela sabendo dos riscos que eu iria correr, caso eu falhasse, eu tinha certeza de que ela estava pronta para me ajudar e me proteger de qualquer coisa.

Era bom demais estar no grupo. Eu estava muito feliz. Esperei bastante para poder andar na floresta. Embora fosse apenas para pegar palha, era a primeira vez que eu iria para além dos limites de minha aldeia.

Deixei-os ainda conversando em casa e saí. Precisava contar para alguém o que eu estava sentindo. Sentei na frente da casa. Logo chegou Amigo. Foi colocando a cabeça sobre os meus joelhos, querendo carinho e curioso para saber o motivo da minha felicidade. Passei a mão em sua cabeça, levantei as patas e as coloquei sobre meus joelhos. Olhei dentro dos olhos dele e falei:

— Meu amiguinho, amanhã será um grande dia! Nós iremos para a mata pegar palhas para cobrir nossa casa. Eu estou com um pouco de medo, porque nunca entrei na floresta grande, mas, se você for comigo, prometo que o protejo. Você tem que ficar pertinho de mim. Nada de sair caçando ratos ou calangos por aí. Dizem que na selva acontecem muitas coisas estranhas: é perigosa. Então, fique de olhos bem abertos. Não podemos nos distrair. E mais, temos de andar em silêncio senão podemos virar comida. Entendeu?

Acho que Amigo não tinha entendido nada. Ele ficou movendo a cabeça de um lado para outro com olhos bobos. Segurei a cabeça dele e disse:

— Amigo, vou resumir. Na mata grande, caçamos ou viramos caça! Entendeu? Só tem um probleminha. Acho que meu pai não vai deixar você ir. Ele acha você muito jovem para a floresta, afinal, você só caça animais pequeninos. Se você vir um animal grande, vai correr pra cima do meu pai com medo do bicho. Vamos sair amanhã cedinho, depois de todo mundo comer. Então, vamos combinar o seguinte: fique perto de mim. Assim que eu sair de casa, você me acompanha. Papai deve sair na frente e nós, no final da fila. Você não pode deixar que ele o veja. Se ele descobrir, já era!

Depois de tudo combinado com Amigo, brincamos um pouco e entramos para tentar dormir. Eu não fazia ideia que depois daquela noite íamos viver a melhor aventura de nossas vidas.

Amigo deitou-se debaixo da minha rede. A noite estava meio fria, mas o fogo dentro da casa ajudava a aquecer. Adormeci imaginando que íamos ver árvores gigantes que, de tão altas, podiam até tocar as nuvens. Sobre suas copas, passarinhos e macacos compartilhariam espaço e alimentos. Cheguei a sonhar que Amigo tinha sido acuado por uma onça-pintada enorme. Ela corria atrás dele e já estava quase alcançando meu amiguinho, quando eu atirei com minha flecha e o salvei das presas daqueles dentes grandes e afiados.

•••

Acordei com minha mãe na beira do fogo terminando de preparar a primeira alimentação do dia. Meus quatro irmãos mais velhos já estavam de pé se preparando para a dura jornada que viria.

Levantei, lavei o rosto e fiz bochechos com água preparada para tirar o cheiro de boca dormida. Fui ver minhas flechas e voltei para comer. Amigo ainda estava deitado debaixo da minha rede olhando para mim, esperando um convite. Acho que ele não entendeu nadinha da nossa conversa do dia anterior. O jeito foi convidá-lo para comer. Assobiei baixinho, e ele se aproximou de mim. Dei um pouco da minha comida para ele e saímos. O Sol já tinha aparecido quando abrimos a porta de entrada da casa. Papai nos chamou e alertou sobre os cuidados que tínhamos de ter ao entrar na mata. O **pajé** nos aguardava lá fora, com suas folhas e incenso de maruai. Conforme saíamos da casa, ele nos benzia, um a um, pedindo proteção do grande Criador, Tuminkere, para que fôssemos e retornássemos em segurança.

Pai
espiritual.

Papai saiu na frente e, na sequência, meus três irmãos mais velhos. Eu esperei para sair por último com minha doce mãe.

Nosso cãozinho Amigo furou a fila atrás de meu pai e recebeu a bênção protetora do pajé.

Minha irmã mais velha ficou em casa cuidando dos irmãos menores, todos supervisionados por uma tia.

Terminado aquele momento especial da bênção, meu pai saiu na frente e nós formamos uma fila atrás dele. Quando chegamos à entrada da mata, meu pai olhou para trás para conferir o grupo e viu que tinha um a mais.

— E esse cachorro, curumim? Volta! Volta! Volta pra casa já! Onde já se viu levar cachorro novo pra mata? Só acua calango e se vir bicho grande vai espantar ou correr de medo!

Tudo como eu havia previsto! Olhei para minha mãe e falei baixinho:

— Mãe, deixa Amigo ir com a gente. Pode ser útil. Eu vou pra mata pela primeira vez, deixa ele também. Eu cuido dele.

Minha mãe é demais! Comprou a briga com meu pai.

— Deixa o cachorro ir, homem! Quem sabe ele pode achar um veado ou uma paca.

— Ele só vai atrapalhar, mulher! Esse cachorro pode atrair onça e nos colocar em perigo!

— E tu tá com medo de onça com este tanto de gente que vai? Se é para o cachorro ficar, eu fico também! — defendeu minha mãe.

Meu pai podia até falar e praguejar, no entanto, jamais deixaria minha mãe pelo caminho. Disso eu tinha certeza!

— Então o levem preso por coleira até o ubinzal — ordenou.

Achamos cipós, minha mãe fez uma coleira e fui puxando Amigo. Conforme entrávamos na mata, a luz ia diminuindo. Havia muitos sons diferentes de pássaros que eu nunca tinha ouvido antes. Logo começaram a aparecer grandes árvores e macacos pulando pelos galhos. Vi um bando de _pauixe_ voando, araras vermelhas comendo frutos de buriti, tucanos comendo açaí pendurados nos cachos de cabeça para baixo. Borboletas de tamanhos e formatos diferentes, vestidas com cores vivas e grandes olhos em suas asas. Eu não imaginava que o verde das matas guardava tantas cores!

Mamãe estava sempre me cutucando, me empurrando para não nos perder do grupo, e ia me ensinando a ler sobre um canto ou bicho que eu ainda não conhecia. Caminhamos até encontrar um igarapé dos jacarés, onde paramos para beber água em cones feitos de folhas de sororoca. Com muito cuidado com os donos dali, que sempre estavam famintos. Continuamos andando pela mata e, então, chegamos

> Ave popularmente conhecida como mutum.

numa baixada onde encontramos o lugar dos ubins. Havia tantos deles ali, que dominavam um espaço maior que nossa aldeia. O pé de ubim se parecia com uma palmeira, porém seu caule é tão fino quanto um dedão do pé de homem. Suas folhas eram grandes, sem divisão, e as mais altas chegavam à altura de quase dois homens. Entre os ubins corriam igarapés minúsculos de água transparente sob uma areia da cor do pôr do Sol. Naquele lugar, as árvores não cresceram. Era como uma roça gigantesca.

Papai reuniu o grupo e novamente nos alertou sobre os cuidados, pois os ubins escondiam muitos perigos. Grandes bichos iam para lá beber água e descansar também, mas os moradores dali, como cobras, aranhas e escorpiões, podiam nos ferir sem que percebêssemos. Por isso, antes de cortar uma palha, ele pedia que balançássemos o pé de ubim com uma pequena vara com uma forquilha na ponta para ver se não havia algum animal venenoso escondido entre as folhas. Eu não sabia que uma palmeirinha daquelas podia guardar tantos perigos. Então somente meu pai e meu irmão mais velho cortariam as palhas de ubim. Os outros dois irmãos mais velhos que eu iriam colher cipós para amarrar as palhas, eu e minha mãe as juntaríamos em montes separados de acordo com o que cada um podia carregar.

– Mãe, e o Amigo? O que devo fazer?

– Solte-o. Ele já está grandinho. Caso haja alguma amea-ça, ele pode se defender ou correr – disse ela. Obedeci. Enquanto eu o soltava, falei para ele para ficar perto de mim, quieto. Nada de caçadas perigosas. Ali era um lugar desconhecido e perigoso, casa dos animais grandes.

Amigo estava encantado com o lugar, tanto quanto eu. Parecia que estávamos no rio de nossa aldeia. Eu também estava com medo e preocupado: medo por estar na floresta grande e preocupado com a segurança do meu cachorro. Tinha medo de perdê-lo para a floresta.

Eu desconfiei que tudo o que havia falado para Amigo tinha entrado por um ouvido e saído pelo outro. Quando o soltei, ficou balançando o rabo.

Eu me afastei dele e fui carregar as palhas para formar feixes. Amigo ficou deitado onde tínhamos deixado algumas coisas, mas eu não tirava o olho dele. Quando completei a quinta viagem de carregar as palhas até o monte para serem amarradas, olhei para o lugar onde ele estava, e Amigo tinha sumido! Foi um susto acompanhado de chamados: "Amigo, Amigo!". Assobiei, e minha mãe já veio correndo falando para eu não gritar, que não estávamos em casa e sim na mata grande, e que poderíamos virar caça!

Justifiquei, quase chorando, explicando que Amigo não estava mais lá. Ele podia ter sido levado pela onça-pintada e ter virado comida!

— Calma, filho, ele deve ter saído atrás de seus irmãos ou está explorando a mata, ou, quem sabe, foi tomar água. Ele deve voltar logo. Vamos continuar nosso trabalho. Se ele não voltar até terminarmos, encontrará o caminho de casa com seu nariz grande — confortou minha mãe.

Continuei o trabalho pensando nos perigos que Amigo poderia estar passando. Eu devia ter deixado ele amarrado mesmo! É tudo culpa minha... E se ele ficasse para sempre perdido na mata grande?

A essa altura já tínhamos feito cinco montes. Meus irmãos, que tinham ido pegar cipós, já estavam chegando. Fui logo perguntando se eles tinham visto nosso cão, mas nada. Ficaram preocupados com a situação, mas não podiam fazer nada também. Começaram a organizar as palhas amarrando os feixes, deixando-os com tamanhos e pesos diferentes de acordo com o que cada um poderia levar.

Logo Amigo deu notícias! Graças a Tuminkere! Ouvimos uns latidos meio ao longe. Corri para minha mãe e falei que aquele latido era do Amigo e que ele devia estar acuando alguma coisa. Minha mãe apenas disse:

— Eu te falei que ele já está grande e pode se virar sozinho melhor até que você.

Eu me senti aliviado, mas Amigo poderia estar em perigo se estivesse acuando um bicho que não conhecesse. Pedi insistentemente para minha mãe me deixar ir lá e ver o que estava acontecendo. Ela olhou para mim como quem diz: "Você não sabe nem fazer sua comida direito e já quer caçar?". Continuei insistindo em salvar nosso cãozinho, mas ela não me deixou ir nem com meus dois irmãos mais velhos.

— Se a senhora deixá-lo lá, ele pode se perder e até morrer, e será sua culpa!

Minha mãe foi buscar a força superior do meu pai. Ela o avisou que o cachorro tinha acuado um bicho. Papai não fez caso e continuou a cortar as palhas. Acho que nada irrita mais minha mãe do que falar e ser ignorada. Ela ficou ali olhando para o meu pai, que, por sua vez, só tinha olhos para as palhas de ubim, mas minha mãezinha sabia como resolver uma situação com extrema rapidez e eficácia. Aumentou um pouquinho o tom da voz:

— O cachorro acuou um bicho. Acho melhor você ir ver.

— Vou não, mulher! Ele deve ter acuado algum bicho pequeno, e estamos trabalhando. Logo desiste e volta pra cá.

Os latidos do Amigo foram ficando mais rápidos. Tinha momentos que ele latia como se estivesse sendo perseguido.

Cheguei perto de minha mãe e disse que eu iria lá, mesmo contra a vontade dela. Eu não iria deixar meu cachorro correr perigo sozinho.

Minha mãe aprendeu a usar bem as palavras. Convencia meu pai com facilidade. Bastou ela dizer "se você não for, eu irei!", que ele se virou imediatamente e caminhou no sentido do latido de Amigo.

Se havia algo poderoso que podia mover meu pai, esse algo era minha mãe...

Estando ele feliz ou zangado, nada era maior que o cuidado que ele tinha com ela.

Mesmo chateado, meu pai deixou os ubins, pegou as armas e tomou a frente. Falou que se o cão estivesse acuando calango ou outro bicho pequeno, fazendo-o perder tempo, ele tomaria uma lição que passaria a odiar calango pro resto da vida.

E nesses termos ele foi.

E nós? Ficamos ali para continuar os trabalhos, mas com o pensamento em Amigo. Meu pai era um tanto impaciente às vezes, e, nesse dia, acho que ele estava atacado. Queria terminar o trabalho e retornar logo para trançar as palhas e trocar a cobertura da casa, tudo no mesmo dia.

Não demorou e ouvimos os gritos de papai, anunciando o que era. Não entendíamos direito pela distância, e as árvores grandes engoliam parte do som. O que ouvíamos era do que eu mais tinha medo: "É uma onça!".

Não sabíamos se ficávamos ali ou se íamos até lá encontrar com ele.

Eu preferia subir numa árvore e ficar por lá, até a onça ir embora, mas pensei no meu pai e no Amigo: como ficariam? E minha mãe? Será que ela conseguiria subir numa árvore?

Meu irmão mais velho emitia um grito agudo com as duas mãos na boca em formato de cone, e papai respondia, mas a resposta que todos nós entendíamos era a mesma: "É uma onça!".

Mamãe tomou uma decisão arriscada: ordenou a meu irmão mais velho que caminhasse em direção aos latidos para ouvir direito o que meu pai falava.

Fiquei preocupado porque todos os bichos próximos já estavam atentos. Tudo poderia ser uma oportunidade para um predador atacar uma possível fonte de alimento, e meu irmão seria uma presa fácil para uma onça.

Nesse momento, lembrei-me de um fato ocorrido com um indígena quando ele voltava para casa depois de sair com um grupo para colher frutos de castanha. Num certo ponto da mata, quando ele estava um pouco afastado, uma onça apareceu e lhe deu uma bofetada com uma das patas, atingindo-lhe o rosto e o ouvido. Na queda, o cesto de castanhas que ele segurava caiu e os frutos foram parar em cima de sua cabeça, o que deixou a onça confusa. Ela não conseguia enxergar a cabeça do rapaz. Naquele exato momento, um guerreiro que caminhava atrás do grupo, responsável pela segurança, atirou uma flecha na onça quando ela se preparava para dar o golpe fatal. Outro jovem que seguia na frente se virou e também atirou. O companheiro deles, enfim, estava salvo.

Logo ouvi meu irmão afirmando que não era uma onça, e sim uma anta. Não mudou muita coisa! Anta também é muito perigosa e mata quase tanto quanto onça. Quando está acuada, ela se senta, levanta as poderosas patas dianteiras, estica o nariz feito uma trombinha, assobia e abaixa as patas, esmagando o que estiver ao seu alcance, ou então corre em direção ao seu oponente.

Mamãe nos levou até onde meu irmão estava, mas não dava para ver a tal "anta". Fomos nos aproximando com todo o cuidado. Para mim, era mais medo que cuidado!

Quando papai nos viu, logo gritou:

— Subam nas árvores!

Acho que antes que ele terminasse de pronunciar a palavra árvore, eu já estava lá em cima da primeira que vi! Nem onça e nem anta conseguiriam me pegar!

Olhei para onde Amigo estava latindo e vi uma anta enorme sentada numa pequena poça de água. E ela estava muito brava! Assobiava com sua minitromba, levantava as duas patas dianteiras e batia na água a cada tentativa de aproximação de Amigo.

Mas Amigo era mais rápido que ela! Eu vi tudo como aconteceu. Quando ele dava uma folga nos latidos, a anta aproveitava e corria dele, para dentro da floresta. Amigo lhe mordia os calcanhares, e ela se voltava contra ele numa fúria só. Queria pegá-lo a todo custo. E então se tornava a caçadora, correndo atrás dele. Amigo era mesmo um cão muito esperto e corajoso! Na fuga, ele a direcionava sempre para a mesma poça d'água. Ela sentava novamente, e ele se afastava um pouco para dar tempo a meu pai de preparar sua flecha certeira. Amigo sabia que podia confiar na gente.

Vendo tudo aquilo, eu me sentia orgulhoso do nosso cãozinho. Na sua primeira aventura de caçador, acuou logo uma anta! O maior animal que conhecemos! Eu queria poder descer e ajudá-lo, mas ali em cima, além de estar mais seguro, não atrapalharia suas fugas e investidas contra a anta. Ali, eu não colocaria nossas vidas em risco.

Meu pai deu a primeira flechada, atingindo a anta em cheio, mas a ponta da flecha não conseguia atravessar o couro grosso que lhe vestia. As flechas somente a deixavam furiosa!

De onde eu estava, gritava para minha mãe subir em uma árvore, mas, corajosa, ela quis ficar lá embaixo, protegendo-se atrás de uma grande árvore, assim como meu pai. Amigo se posicionava entre os dois. Mas a anta parecia ver somente meu cão.

Papai aproximou-se mais, armou novamente o arco e atirou outra flechada certeira, mas não adiantava. No quinto tiro, a Anta, zangada, já tinha saído e retornado três vezes para o mesmo lugar no igarapé. E Amigo estava ali! Firme! Parecia uma luta entre grandes guerreiros! Não sabíamos quem sairia vencedor daquela batalha. Mas Amigo estava provando ser um guerreiro destemido.

As pontas daquelas flechas do meu pai não eram apropriadas para anta. Não adiantava insistir. Pele de anta tem a espessura do meu polegar. Não é qualquer flecha que pode ultrapassá-la. Para não perdermos a caça, meu pai enviou meu irmão mais velho até a aldeia para buscar flechas mais apropriadas e chamar um adulto para ajudar a abater o animal.

Amigo e a anta estavam cansados. Havia um bom tempo que estavam ali, ora latindo, ora assobiando, ora correndo para trás e para a frente.

A anta, em uma de suas tentativas de fuga, saiu e não retornou para o lugar da batalha. Achou outro abrigo, mas Amigo foi atrás, e ela acabou voltando ao igarapé.

Continuamos acompanhando de perto aquele acontecimento tão intenso que marcaria nossas vidas e a do nosso cãozinho.

Meu pai não queria perder a oportunidade de trazer comida para a família. Encontrar uma anta é como ter a bênção de uma roça cujas sementes produzem frutos sadios e grandes. Papai gritava insistentemente incentivando Amigo a não deixar a anta fugir. Nós, ali, agarrados nos galhos das árvores, torcíamos e pedíamos a Tuminkere que a ajuda chegasse a tempo, antes que a anta decidisse ir embora de vez.

Uma vez vovó contou uma história sobre a vida dos animais. Ela dizia que eles não eram caçados, mas iam para um último encontro. Sabiam que seu tempo estava chegando ao final e se sacrificavam para servir de alimento a outros seres. E, quando chegasse o tempo dos que se alimentaram dele, seus corpos também iriam servir a outros seres como alimento, e assim o mundo se renovava. "A vida é linda, meu neto, por isso todos os seres se apegam a ela com todas as forças. Guerreiam e lutam com suas armas até que Tuminkere recolha a batida do seu coração e o sopro que lhe mantém a vida".

Pensei em Amigo e imaginei que ele não tinha ideia do que estava fazendo. Se eu estivesse no lugar dele, acho que não encararia uma anta daquele tamanho, ainda mais sem saber se aquele seria ou não meu último momento!

Mas, apesar de todos os perigos que ele estava correndo, acho que no fundo estava mesmo se divertindo, completamente sujo de lama e molhado por causa da chuva produzida pelas patas da anta quando batia no igarapé. Lá de cima da árvore, eu não parava de incentivá-lo: "Pega, Amigo! Pega, Amigo! Cuidado! Cuidado!". Ele olhava para mim como se dissesse: "Não vou deixar nossa comida ir embora".

Dava para ver a felicidade e o empenho dele na sua primeira e grande caçada! Ali, teria comida garantida para alimentar nossa família e outros parentes por muitos dias.

Enfim, chegaram meu irmão e meu tio com flechas de pontas de ossos de porco-do-mato, feitas especialmente para transpassar a pele grossa da anta. Meu tio deu uma

das flechas para meu pai que, imediatamente, armou seu arco. Eles combinaram de atirar ao mesmo tempo, pois as chances seriam bem maiores de abater o animal. Afinal, não era todo dia que se caçava uma anta; além do mais, todo o esforço de Amigo tinha de ser recompensado.

Fizeram mira e ao sinal de papai atiraram juntos. As flechas saíram rasgando o ar rumo ao alvo, com toda a velocidade. Dava para ver a parte do meio das flechas, cobertas de penas, envergando-se de um lado a outro. As duas atingiram a anta quase ao mesmo tempo. Uma acertou perto do coração e a outra atravessou a garganta. O grande guerreiro da floresta tombou ali mesmo. Assim que deitou, Amigo se aproximou dela, cheirando e mordendo, como um bom cão caçador.

Os guerreiros armaram-se novamente e se aproximaram do alvo com cuidado, prontos para agir caso fosse necessário, mas a anta já não oferecia perigo. Minha mãe saiu detrás da árvore e foi ver de perto a anta e, claro, eu e meus irmãos também descemos das árvores rapidinho, fugindo das formigas que defendiam seu espaço com picadas doloridas.

Chegamos quase todos juntos onde estava aquele grande guerreiro, que nos olhava respirando com esforço. O último suspiro foi longo e profundo... Seu corpo encheu-se de ar. Segurou por um instante e depois o expeliu devagar pelas narinas, até não sobrar nenhum resquício. Seus pequenos olhos puxados se fecharam para o mundo sem pressa... Aprendemos a honrar e a agradecer aquele que se sacrifica.

Acalmamos Amigo e nos aproximamos daquele guerreiro para oferecer nosso respeito e nossa gratidão, colocando nossas mãos sobre seu corpo ainda quente. Meu pai, meu tio e meu irmão mais velho, com suas mãos pintadas de sangue, cobriram a cabeça do animal, que lutou com coragem e bravura. Era um momento solene de um último encontro e uma despedida. Chegara o momento da viagem de retorno ao Criador. Para nosso cão, era apenas uma caça. Ele estava tomado de animação com sua primeira aventura na floresta e não conseguia prender os latidos na boca. Aproximava-se da anta, rosnava, cheirava, latia e abanava o rabo.

Todos estávamos muito felizes e agradecidos com aquela enorme caça. E foi ali, naquele campo de batalha, que nosso cãozinho experimentou seu primeiro ritual de passagem. Meu pai e meu tio eram caçadores experientes. Meu tio foi colher folhas verdes e meu pai saiu à procura de um pé de jatobá para retirar resina a fim de realizar o ritual de agradecimento. Assim que chegaram, pegaram um pedaço de madeira seca e fizeram um pequenino furo nela com a ponta de uma flecha. Fizeram também um chumaço de folhas secas e minúsculos gravetos, e deram para o meu irmão mais velho segurar. Enquanto papai girava a ponta da flecha com o arco, o furo na madeira esquentava e ia mudando para a cor da tinta de jenipapo; uma fumacinha foi despertando dali e uma brasa bem pequena incandescente apareceu. Meu irmão já estava preparado com o chumaço nas mãos. Meu tio pegou aquela madeira com a brasinha e a depositou com cuidado sobre o chumaço. Imediatamente meu irmão o cobriu, levou-o próximo da boca e começou a soprar delicadamente. A fumaça foi aumentando e o fogo apareceu. Meus irmãos já estavam com a lenha. Ele depositou o fogo no chão e foi adicionando os gravetos. À medida que eles iam queimando, outros gravetos e galhos mais grossos eram colocados. Assim o fogo testemunharia aquele momento ritualístico de agradecimento. Mamãe colocou algumas brasas sobre folhas verdes dentro de uma cuia, e a resina começou a derreter. Então, uma chama vestiu a cuia com sua cor quente. Minha mãe levantou a cuia e soprou forte a chama, deixando a fumaça da resina perfumar o lugar.

Meu pai e meu tio puseram-se um em frente ao outro, deixando a anta entre eles. Colocaram as mãos sobre o corpo do animal, e mamãe entoou um canto, cobrindo-os de fumaça. Ela agradecia ao dono da floresta, e os dois caçadores honravam a anta. Mamãe também nos untava com aquela fumaça cheirosa, que envolvia nosso corpo e nossa alma.

Enquanto os homens preparavam a anta para ser conduzida até a aldeia, papai segurou em seus braços Amigo e o apresentou aos nossos ancestrais, mostrando a caça que nosso cão tinha encontrado. Ele pediu que ajudassem Amigo a ser um grande caçador, protegendo-o dos perigos da mata e lhe concedendo vida longa. Agora, Amigo era um caçador e havia ganhado o respeito de meu pai.

Realizar nossos rituais significa viajar, lá para o começo dos tempos, e renovar dentro da gente nossa ancestralidade. É afirmar que pertencemos a um povo, que esse povo pertence ao mundo e que esse mundo pertence a um Universo repleto de outros seres. É a junção de todos que mantêm o equilíbrio da vida.

No ritual, Amigo se alimentava da força de nossa tradição. Mais do que lembranças do passado ou novos conhecimentos que aprendemos ao longo da vida, a tradição para nós é a força vital de nossa origem. Somos formados pelos pedacinhos dos nossos ancestrais, e cada um nos orienta e nos ensina a viver melhor. Respeitando e aprendendo com os mais velhos e com a natureza. A tradição nos faz entender a dimensão do mundo, com sua variedade de povos, cores, tamanhos, crenças, jeitos e línguas diferentes.

Foi um lindo ritual de passagem em que cantos e danças ancestrais se misturavam com a floresta!

Eu, mais que todos, estava orgulhoso. Amigo, embora muito jovem, tinha acabado de conquistar o direito de ser um caçador da família e da aldeia. Fiquei pensando comigo: "Será que ele vai mudar depois dessa caçada ou desse ritual?"

Os momentos de brincadeira não serão tão divertidos sem ele.

Depois daquela caçada, eu sei que darão a Amigo novas responsabilidades. Ele terá de acompanhar os caçadores em busca de alimentos para a aldeia e ajudará na proteção de todos. Caçar exige conhecimento, silêncio e destreza. A atenção do caçador é redobrada para que não seja apanhado por outros animais ou vitimado por cobras, formigas gigantes ou aranhas venenosas. Caçar significa passar dias e noites na floresta em perigo constante. Muitos animais preferem sair à noite para procurar alimentos, e acho que oferecem até mais perigo porque têm vários sentidos aguçados, como, por exemplo, uma ótima visão no escuro. Sentidos que nós humanos não temos. Para se ter segurança na floresta à noite, é necessário estar com o grupo, fazer

fogo para afastar os animais e construir abrigo para enfrentar chuva, vento e frio.

Meu pai pediu para meus irmãos cortarem duas varas para carregar a caça, enquanto ele dividia e preparava as partes da anta a serem transportadas.

Eu e Amigo ficamos esperando sentados perto de minha mãe. Aguardávamos a divisão do transporte da carne.

Meu pai e meu tio pegaram o maior peso, que era a parte traseira, e meus irmãos mais velhos, a parte dianteira, que estava dividida em quatro grandes pedaços. O irmão do meio ficou com a cabeça, e eu com as partes internas, como fígado, rins e outros pedaços menores.

Naquele dia, retornamos para casa carregados de comida.

Meu pai ia à frente com meu tio; os irmãos mais velhos, atrás; em seguida, o irmão do meio; depois, eu e Amigo; e, por último, minha mãezinha e outros homens, que cuidavam da segurança carregando as flechas e observando os movimentos na mata.

Quando chegamos perto da aldeia, meu pai começou a gritar chamando outros indígenas para ajudar a carregar o peso. As mulheres se apressaram em pegar caxiri e água. Elas vinham cantando e dançando, oferecendo bebidas para o nosso grupo, que já havia passado a carga aos outros

Bebida tradicional indígena feita de mandioca.

parentes. Eu preferi continuar carregando minha carga preciosa. Preciosa porque ali estava o prêmio do Amigo pelo seu feito. Os homens seguiram carregando a grande caça à casa coletiva para dividi-la com as famílias da aldeia. Eu fui para casa com minha mãe. Íamos preparar uma deliciosa e merecida refeição para nosso cão. Na verdade, apenas minha mãe ficou fazendo a comida. Eu, meus irmãos e Amigo corremos para o rio para tomar um banho regado de alegrias de meninos e cachorro.

Estávamos felizes demais para nos preocupar com a chuva fina que começou a cair. O rio é um dos melhores lugares para se divertir. Ficamos ali até os homens chegarem para tomar seu último banho do dia.

Curumim e Amigo

A noite estava se aproximando, e o ventinho que soprava anunciava um frio gostoso que nos acompanharia. Naquela noite não haveria histórias contadas pelos nossos avós. Eles iam querer ouvir a nossa história daquele dia especial.

O jantar estava pronto e posto sobre as esteiras. Amigo iria comer um cozido de miúdos de anta preparado especialmente para ele. E nós? Nós tínhamos muito mais que comida naquela esteira farta, que portava um guisado, um assado de anta com farinha amarela de mandioca, beiju e suco de frutas. Tínhamos uma família feliz reunida, um cão herói e uma aventura espetacular para contar. A história do dia entrou noite a dentro. Ganhou corpo, força e versões.

A alegria daquela noite foi como a água da chuva sobre as serras. Ela vai se juntando numa viagem por canais e fendas deixadas por outras águas. Juntas, vão refazendo velhos caminhos, embebedando a terra e molhando pedras e raízes. Vão despertando pequenos seres que, em segredo, embernam em tocas minúsculas nas beiradas do caminho. Águas que descem ávidas para se tornar igarapé e, depois, ganhar volume e força para chegar ao seu destino: o rio.

Por pouco a festa da noite não encontrou o dia. Ao final, busquei a canoa aconchegante da minha rede, e Amigo recolheu-se ao seu lugar de dormir para, quem sabe, juntos, sonharmos viver uma outra grande caçada.

Cristino Wapichana é natural do povo indígena Wapichana. Nasceu em Boa Vista, Roraima e atualmente mora em São Paulo. É músico, compositor, escritor premiado, contador de histórias e produtor do Encontro de Escritores e Artistas Indígenas.

Foi nomeado Patrono da Cadeira Literária 146 da Academia de Letras dos Professores (ALP) da Cidade de São Paulo. Em 2018 foi o escritor brasileiro escolhido para figurar na Lista de honra do IBBY.

Publicou cinco livros que conquistaram diversos prêmios e que foram traduzidos para alguns idiomas, como o sueco e o dinamarquês.

- Selo FNLIJ Altamente Recomendável 2015 — *Sapatos Trocados*
- Prêmio Jabuti 2017 — Livro Infantil — *A Boca da Noite — Histórias que Moram em Mim*
- Prêmio FNLIJ Ofélia Fontes 2017 — O Melhor Livro para Criança e Selo FNLIJ Altamente Recomendável — *A Boca da Noite — Histórias que Moram em Mim*
- Prêmio FNLIJ 2017 — Melhor Ilustração de Graça Lima — *A Boca da Noite — Histórias que Moram em Mim*
- Prêmio Peter Pan 2018 — Estrela de Prata na Suécia — *A Boca da Noite — Histórias que Moram em Mim*
- Selo White Revens 2017 da Biblioteca de Munique — *A Boca da Noite — Histórias que Moram em Mim*

Taisa Borges nasceu em São Paulo. Possui formação em artes plásticas e design de moda. Já desenhou estampas para tecidos. Há sete anos se dedica à ilustração infantil e hoje possui mais de 50 livros ilustrados. Como autora, publicou seis livros, cinco de imagem e uma história em quadrinhos. São eles: *O Rouxinol e o Imperador* (2005), *João e Maria* (2005) – ambos selecionados para o PNBE, em 2005 e 2006 – *A Bela Adormecida* (2007), *A Borboleta* (2009), *A Roupa Nova do Rei* (2012) e *Frankenstein em Quadrinhos* (2012).

Para conhecer melhor o trabalho de Taisa, acesse: www.taisaborges.com